減曰狀元詩用天子門生

旦眾接介教坊司女妓們、迎接狀元、生眾笑介起來、起來、生勞動你多嬌來直應、繞花鶯燕請宇文迎介狀元列位請進、拜介生應圖求駿馬蕭驚代得麒麟。裴白日來深殿。宇文青雲滿後塵。恭喜三公高才及第、老夫不勝榮仰、生叨蒙聖恩。蕭裴皆老師相進呈之力。宇文御賜曲江喜筵、真盛事也、生敢問往年直宴止是幾箇老倒樂工、今日何當妙選、宇文今日狀元乃聖天子欽取、以此加意而來、生原來如此、宇文看酒、丑花開上林苑、酒對曲江池、宇文送酒介

降黃龍天上文星暢好是金殿雲程、玉堂風景、旦封御酒玳筵中如醉日邊紅杏、生崢嶸想像平生、這一舉成名天幸、蕭裴拚歡娛酒淹衫袖、帽斜花勝、前腔換頭眾旦難明天若無情、怎折桂人來、嫦娥送影、人間清興、是紅裙怎不把綠衣郎敬、低聲我待侍枕銀屏、迤逗的狀元紅並、但留名平康到處、也堪題詠宇文狀元、這娘子要請狀元老夫爲媒、生笑介宇文官妓狀元處乞珠玉、生使得、題向那裏、貼奴家有箇紅汗巾兒在此、生題詩介宇文看念介香飄醉墨粉

語以此致宰相不協齮齕終身甚切時弊然亦是臨川技癢

麥鳳按同登句下曲詩題句皆應豔

紅催。天子門生帶笑來。自是玉皇親判與。嫦娥不用老宮媒。【眾】狀元好染作也、【宇文】則就中語句、有些奚落老夫哩、【蕭】盧年兄未必有此、【裴】官妓再看酒、

【黃龍滾】【生蕭裴】同登學士瀛、同登學士瀛、滿把瓊漿領、是虎爲龍、都是風雲慶、爲誰奚落爲誰僥幸、【眾旦合】繞雁塔、共題名、瞻清景、【小生扮報子上報介】報、報、報盧爺奉聖旨、欽除翰林學士、兼知制誥、蕭爺裴爺俱翰林院編修、著教坊司送歸本院、【宇文】恭喜了、

【前腔】詩題翰墨清、詩題翰墨清、鐙（牽強）撒雕鞍逞、風暖笙歌笑語朱簾映、生成濟楚、昂然端正、【眾旦合】便立在、

鳳樓前、人索稱、

【尾聲】【宇文】三公呵、御樓高接著帽檐平、撒靴尖走上頭廳、也不枉了、你誤春雷十年窗下等、【眾下】【宇文弔場笑介】好笑好笑、世間乃有盧生中了狀元、爲因不出我門下、談容高傲、我好取奉他嫦娥有意老夫可以爲媒、乞其珠玉、他題詩第二句、天子門生帶笑來、明說不是我家門生、這也罷了、第四句嫦娥不用老宮媒、呵呵、有這般一箇老宮媒、不用麼、待我想一計

打發他、他如今新除、中了聖意、權待他、如制誥有些、

破綻之時、尋箇題目、處置他、

書生白面好輕人。祇道文章穩立身。

直待朝中難站立。始知世上有權臣。妙

第九齣 虜動

北降點絳唇（副淨扮番將熱龍莽末扮番相悉那邏上）

沙塞茫茫、天山直上三千丈、龍虎班行、出將還留相、

（末）吾乃吐番丞相悉那邏是也（副淨）吾乃吐番大將熱龍莽是也、贊普升帳在此伺候

么篇 丑扮番王引小生雜執旗上 白草黄羊千廬萬帳，歸吾掌氣不降唐，穩坐在泥金炕。末副淨見介 青海灣西駕駱駝，白蘭山外雪風多。一枝金箭催兵馬，占斷兒家綠玉河。自家吐番贊普是也。我國始祖禿髮烏孤，曾爲南涼皇帝。家毋金城公主來作西番贊婆，種類繁昌，部落强盛。與唐朝原以金鵞爲誓，奈邊將長以鐵馬相加，正待宣你兩人商量起兵一事。末副淨 我國東接松涼，西連河鄯，南呑婆羅，北抵突厥。勝兵十萬，壯馬千羣。末 臣那邏調度國中。副淨 臣龍莽攻畧境外，逢城則取，遇將而擒，唐朝不足慮也。丑

進兵何地爲先。末 先取河西，後圖隴右。丑 這等就著龍莽將軍徑取瓜沙，丞相從後策應。衆 把都們聽令而行。衆應介

清江引 丑 普天西出落的番回將，大將熱龍莽。副淨 番鼓兒緊緊鼘，番鐃的點點當。衆合 汗呼呼海螺螄吹的響。

么篇 丑 倒天山靠定了，那邏相就裏機謀廣。末 令旗兒打著，羗刀尖兒點著唐。合 錦繡樣江山做一會了。

搶、

丑十萬生兵不可當、淨剗騎單馬射黃羊、
末陰山一片紅塵起、合先取涼州作戰塲、

第十齣　外補

七娘子旦引老旦貼上狀元郎拜別了三年限猛思量那日雕鞍、又早春風一半、展妝臺獨自撚花枝歎、好事近無路入天門。真箇金錢誰説。貼逗得翰林人去送等閒花月。旦夢回鴛枕翠生寒、始海前輕別。貼一種崔徽情緒、爲斷鴻愁絶。旦梅香、我家深居獨

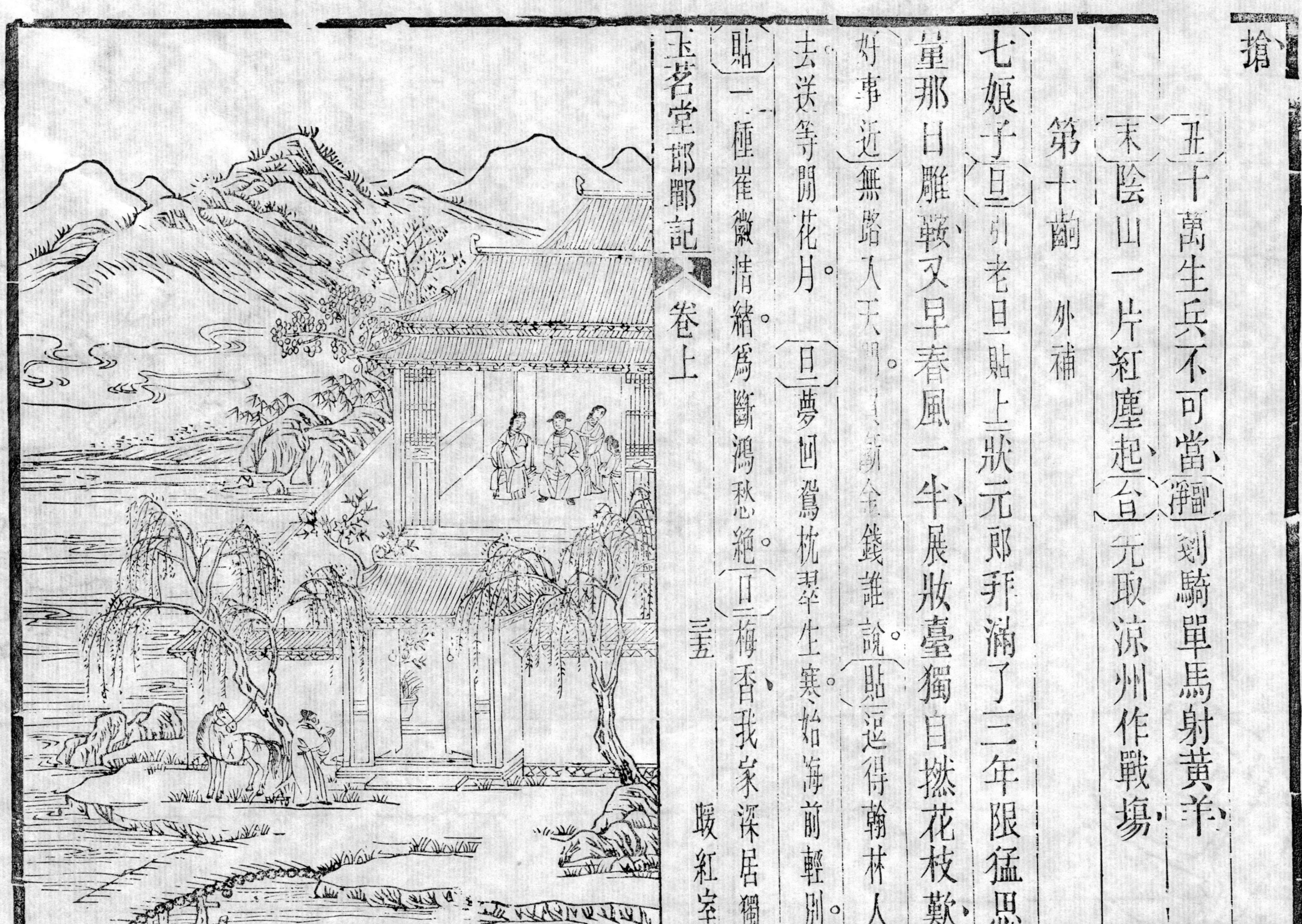

院天賜一位夫君歡心正濃忽動功名之興我將家貲打發他上京取應一口氣得中頭名狀元果中奴之願矣祇爲聖恩留他單掌制誥三年之外方許還鄉奴家相思好不苦呵

【鍼綫箱】沒意中成就嬌歡儘意底團筆弄盞問章臺人去也如天遠小樓外幾曾抛眼早則是一簾粉絮鶯梢斷十里紅香燕語殘纔凝盼悶愁悶悶被東風吹上眉山（丑扮報子上報介）報報報狀元到（下）（旦驚喜介）見夫錦旋快安排酒筵

【望吾鄉】（生引外雜執瓜鎚末淨副淨丑執樂器小生捧鳳冠袍束上）翠蓋紅茵香風染細塵花枝笑插宜春鬢驕驄上路人偏俊盼望吾鄉近揮鞭緊問路頻崔家正在這清河郡（見介）（旦）盧郎榮歸了（生）夫人喜也一鞭紅雨促歸程（旦）不念朝來喜鵲聲（生）官誥五花叨聖寵（旦）名揚四海動奴情（旦）聞的你中了狀元留你中書三年掌制誥因何便得錦旋（生）你不知小生因掌制誥偷寫下了夫人誥命一通混在衆人誥命內朦朧進呈僥倖聖旨都准行了小生星夜親手

捧著五花封誥、送上賢妻、牗、過了、聖上來也、【旦】費心了盧郎、你因何得中了頭名狀元、【生】多謝賢卿。將金貲廣交朝貴。竦動了君王。在落卷中翻出做箇第一。【旦】哎也、險些。第二。一了。

【玉芙蓉】【生】文章一色新、要得君王認、插宮花酒生袍袖春雲、春風馬上有珠簾問、這夫婿是誰家第一人、你夫人分有花冠誥、身記當初作題橋捧硯磨殺阜文君、

【前腔】【旦】你天生巧步雲、早得嫦娥近、作相逢門兒掩

著成親、秋波得似、俺花前俊、暗裏絲鞭打著人、俺行夫運夫人縣君、只這些時爲思夫長是翠眉顰、【内】報、報、報、差官到、副淨扮差官上、東邊跑的去、西頭走得來、常差官見、【見介】稟老爺、蹺蹊了、原來老爺朦朧取旨、馳驛而回、被宇文老爺看破了、奏上聖旨寬恩免究、此去華陰山外東京路上、有箇陝州城運道二百八十里、石路不通、聖旨就著老爺去做知州之職、鑿石開河、欽限走馬到任、不許停留、【生】【旦】有這等事、快備夫馬、夫妻們陝州去也、

尾聲（生）則道喒書生祿米幾粒太倉陳、（旦）要平白地支管看河陽運、（合）兩人呵、也則索寶馬香車一路兒引

（生）三載暮登天子堂、一朝衣錦晝還鄉、

（旦）催官後命開河路、食祿哂前生劣有地方、

第十一齣　鑿陝

普賢歌（司淨扮委官上）陝州城下水波波、運道上乾焦石落硌、州官來開河工程一月多、點包兒今朝該到我、小子麻哈人氏、考中京營識字、偶遇疏通事宜、

夔鳳按獨深居本作些時

作弟子茲從毛本竹林本

藏曰送紙錢諱語亦不惡

加納陝州幕職、陝州一條官路、二百八十八里頗石、東京運米西京、費盡人牛腳力、轉搬多有折耗、顛倒刻減僱值、人戶告理、難當上官議開河、驛州裏盧爺詳允動支無碍工食、工程一月有餘、並不見些兒涓滴、小子當蒙鈞委、特來點比工役、諸餘作手都可、到是甲頭老賊、推呆賣老不來、來時打的他一直、

字字雙〔丑扮甲頭拏紙錢做打噎上〕我做甲長管十家、十甲開河人役、墻分花點、鬧排門、常例有些些、喇雜、管工官又把甲頭揸、沒法、〔見介〕〔副淨惱介〕這賠時、

狗倈子孩兒還不來伺候、〔丑叩頭介〕小的不敢、〔副淨〕工程一月有餘、還不見你一點水、〔丑〕不敢哩、水是地下的、血難道小的身上尿、〔副淨〕狗奴、管水喫水、你推的沒有、〔丑〕小人有罪、權送一分紙錢、〔副淨惱介〕狗才、紙錢是這紙錢、〔丑〕這是盧太爺因水道不通、領了眾夫甲、三步一拜、將次到這禹王廟來了、這紙錢是禹王老爺用的、難道老爺到用不的、〔副淨慌介〕哎也、原來太爺行香、這狗才不早通報、快去點香鋪席、

縷縷金〔生引老旦雜扮皁隸末扮石匠執鎚鑿淨執

鋤上山磊磊石崖崖、鍬鋤流汗血、工食費民財、副淨
忙迎接介生灑掃神王廟親行禮拜、要他疏通泉眼
度船簰、再把靈官賽、副淨香紙齊備生拜介
古江見水、生禹王如在、吏民瞻拜、石頭路滑倒把糧
車兒礙、要鑿空河道引江淮、合叫山神早開、河神早
來願國泰民安似海、衆拜介
前腔長途石塊轉搬難耐、領官錢上役真尷尬、偷工
買嬾一樣費錢財、合前生祭完了、分付十家牌一人
管十、十人管百、擂鼓儹工、不許懈怠、衆應介內鼓外
作介

桂枝香生則爲呵太原倉窖、臨潼關隘、未說到砥柱
三門、且掘斷蘆根一帶、看泥沙石髓、看泥沙石髓便
陰陽違礙、也無（敗筆）如之奈、好傷懷、衆這辛苦男女們當
得的、生滴水能消得民間費血財、內鼓介衆驚介好
了、好了、稟老爺東頭水來了、生喜介真箇洞洞的水
聲哩、
前腔衆黃河過脈、滙池分派、自從公主河西、直引到
太陽橋外、看涓涓碧水、看涓涓碧水、此時蒙昧定然

劒中之幻臓曰世稱鹽蒸醋煮之法為平濟伯所以通邑梁運道者臨川此語亦自有本

趣

滂沛、好開懷、【生】還有前山未開哩、【眾】望梅且止三軍渴、逢靖權消一滴災、【眾作鍬鑿不動介】呀、怎的來下不得銑、【看介】稟老爺、前面開的山是土山、石皮這兩座山透底石、一座喚名雞腳山、一座熊耳山、銑他不入的、【生背想介】雞腳山熊耳山、麼昔禹鑿三門五行並用、【回介】雞腳和熊耳、你道鐵打不入、俺待鹽蒸醋煮了、他、【眾笑介】怕没、這等、大鍋、【生】不用的、鍋州裏取幾百擔鹽醋來、【眾應下扛鹽醋上介】鹽醋在此、【生】取乾柴百萬束、連燒此山、然後以醋澆之、著以鍬椎自然頑石粉裂、而起、後用鹽花投之、石都成水、【眾笑介】

有這等事、【放火介】

【大迸鼓】燒空儘費柴、起南方火電霹靂摧崖、呀、山色燒煤了、【生】快取醋來、【眾潑醋介】料想山神前身為措大、又逢酸子措他來、這樣神通、教人怎猜、【眾笑介】怪哉怪哉、看這雞腳跟熊耳朵、都著酸醋煮粹了、【生】快下鍬斧、成其河道、【眾鼓鍬介】

【前腔】【生】鷁觜啄紅崖、似鱗皴甲綻、粉裂烟開、一面撒鹽生水也、【眾撒鹽介】知他、火盡、青山在、好似雪消春

夢鳳按獨深居本原題西地錦查係集曲爲改今名

水、來、〔鑿介〕驚介、河頭水流接來了、〔衆笑介〕水鳥初飛、通船引纜、〔生〕百姓們、功已成矣、河已通矣、當鑄鐵牛於河岸之上、以挽重舟、頭向河南、尾向河北、一面催儹入關糧運、兼以招引四方商賈奇貨、衆於此州、一面奏知聖上東遊、觀覽勝景、也不枉了陝州百姓之勞、〔衆〕多謝老爺、〔生〕男女們、插柳沿河、以添勝景、

〔尾聲〕還把清陰垂柳兩邊栽、奏明主東遊氣概、〔衆〕大河頭鑄一箇鐵牛兒千萬載、〔下〕

〔生〕省盡人牛力、恩波鑄鐵牛、
傳聞聖天子、爲此欲東遊、

第十二齣　邊急

〔西錦桃〕〔西地錦〕〔外扮老將引小生雜執旗上〕踏破仌凌海浪。撞開積石河梁。〔宴蟠桃〕馬到擒王。旗開斬將。袍花點盡風霜。坐擁貔貅。膽氣豪、玉門關外陣雲高、白頭未掛封侯印、腰下常懸帶血刀、自家涼州都督羽林大將軍王君㚟是也、瓜州常樂縣人氏、平生驍勇、善騎射、蒙聖恩以戰功、累陞今職、隴右河西、聽吾節制、長城一綫、控隔吐番、近聞番兵大舉入寇、兵鋒頗銳、

不知他大將爲誰、待俺當頭出馬、俺好不粗雄也、

山花子（老）何魁福國安邦將羽林軍箇箇精芒按星宮頓開旗五方陣團花太歲中央（內鼓介）（合）鼓轟天如雷震張鎗刀甲盔如日光馬噴秋雲如飛戰場昏洪福如天大展邊疆（老旦扮報子上）報、報、報、吐番有箇大將熱龍莽殺過來了、（外）快整兵前去（行介）

清江引（大）唐家有的是驍雄將、出馬休攔擋、軍兒走的慌、陣兒擺的長、定西番早擒下先鋒熱龍莽、（下）（副淨扮熱龍莽領卒雜執旗上）（合）前腔清江引普天西出

暖紅室

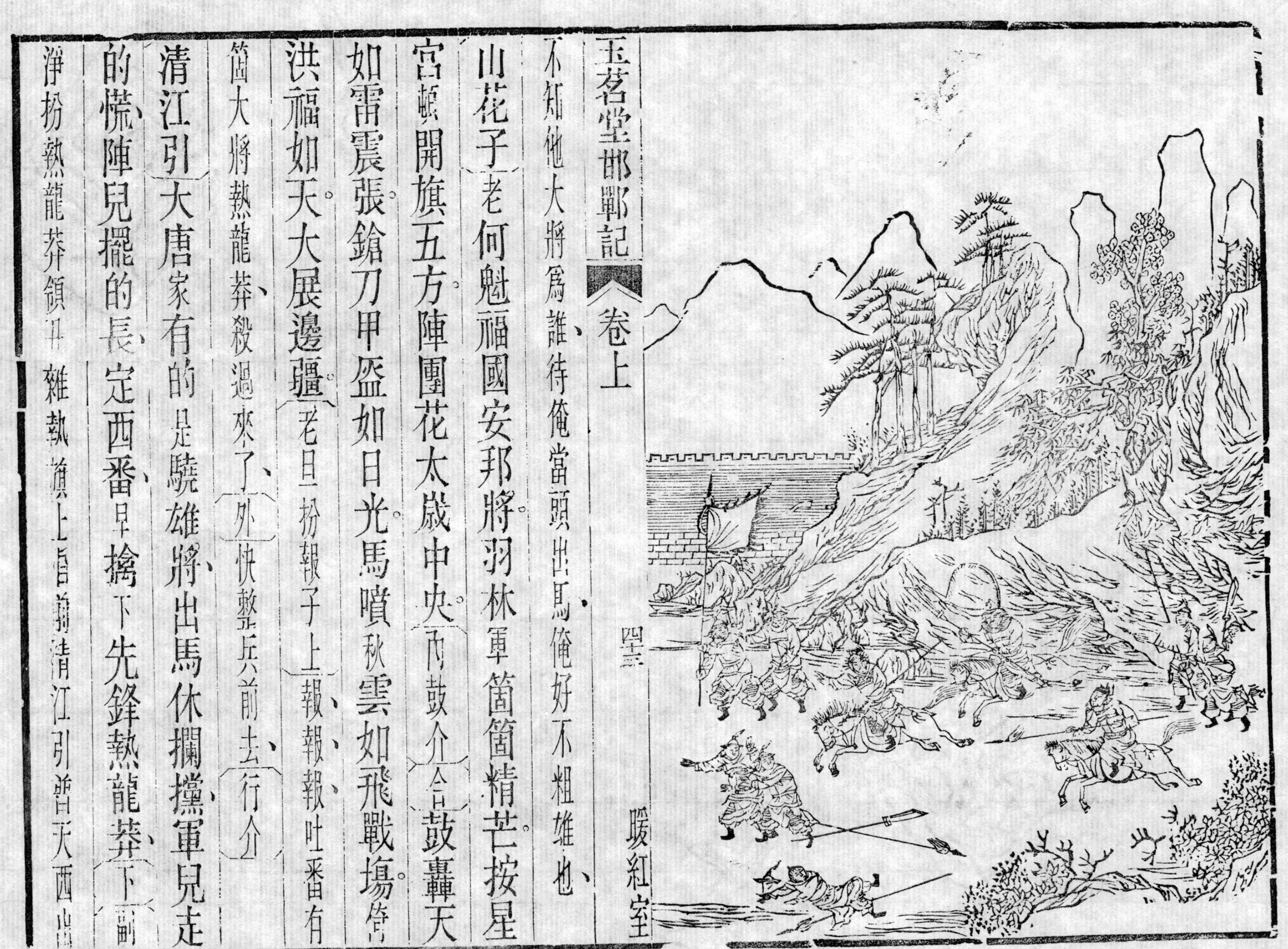

落的。〔云云外衆上對陣打話介〕〔副淨〕吾乃番將熱龍莽是也。你是何小將敢來迎戰。〔外〕吾乃大將王君㚟是也。出馬在此。早降早降。〔戰介〕〔番將佯敗外衆追下介〕〔末扮悉那邏領貼雜執旗唱前清江引倒天山衆定了云云上〕吾乃吐番丞相悉那邏是也。領兵策應龍莽將軍。日前有書教他佯輸詐敗。唐兵必追。吾以生兵繞出其後。破之必矣。把都們一齊殺過關南轉西以擒唐將。〔衆應下〕〔副淨敗走上外衆追戰介〕〔末衆上叫介〕王君㚟王君㚟且歇一馬。咱吐番丞相救兵

在此。〔外慌介〕呀。中計了。中計了。三軍死戰。〔副淨末夾戰外敗被殺介〕〔副淨末相見介〕〔副淨〕多承國相遠來。得此全勝。〔末〕唐軍戰敗。大將陣亡。便乘此威風搶進玉門關去。不可有遲。

加鞭哨馬走如龍。斬將長驅要立功。

假饒一國長空闊。盡在吾家掌握中。

第十三齣　望幸

臧官梨花兒　任

〔梨花兒〕〔丑扮驛丞上〕陝州佬大的新河驛。老宰今年六十七。承差之時二十一。嘹巴到。倘書遲。要百箇十

閒處着別是一幅驛丞小像

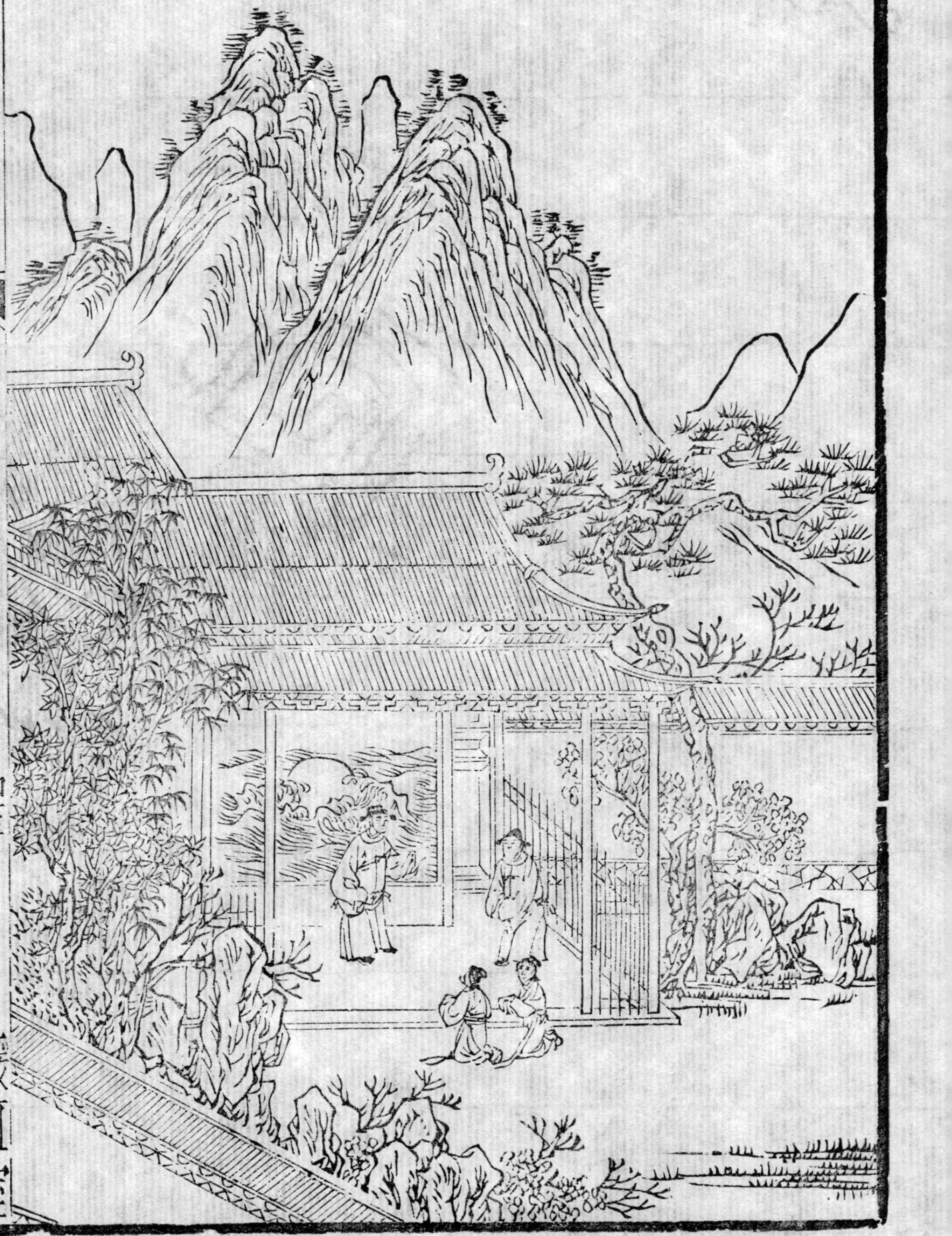

玉茗堂邯鄲記　卷上

小子陝州新河驛驛丞生來祖代心靈幼年充縣門役選去察院祗承也是其年近貴那一位察院爺有情有情賞我背褡一箇與了我承差一名差到東西兩廣不說南北二京承差的威風休論役滿赴考銓衡選中了吏部火房幹事又犯了些不了事情二年飛天過海偷選了陝州新河驛驛丞驛係潼關出口錢糧津貼豐盈幾領轎幾抬扛幾匹驢頭律令勅般的紙牌勘合半斤肉十鍾酒十箇雞子臙血食樣似中火下程本等應付少也要落幾段折色分例多則

是没一成。因此往來公役。常被他唬嚇欺淩。幾番推躲不出。入房搜捉不寧。眞乃一報還了一報。承差慣打驛丞。幾番要逃要死。貪些狗苟蠅營。你道各處送來徒犯。便是送我幾箇門生。入門有拜見之禮。著禁有賫免之情。不完月錢。打死費一張白紙。超單纔有查盤點視。除了剌字替身。日久上司官到。搖船擺站缺人。到頭天樣大事。撞著一箇老太歲遊神。〔內〕老爺是那位過往官到。〔丑〕呔。也你道是誰。當今開元皇帝不安本分閑行。又不用男丁擺櫓。要一千箇裙釵唱

著采菱。本州太爺親選了九百九十八箇。少了的是押殿腳的頭梢。二名老驛丞無妻少女。尋不出。逼出了人的眼睛。遲誤了欽依。當耍小子。有計了西頭梁斷處。一條性命麻繩。〔吊頭介〕〔貼雜扮囚婦出救介〕怎麼了、本官老爺、縱不爲螻蟻、前程、也爲這條狗性命、麼、〔丑醒介〕便是這條狗命、說甚麼螻蟻前程、〔叩頭介〕你二位不是乾娘義妹、怎生這救苦難觀世音、〔貼雜〕奴家兩人、都是本驛囚婦、〔丑〕呔、有這等姿色的囚婦、一向躲在那裏、不來參見本官、且問你丈夫那裏去

丁、【貼】我丈夫叫盌包兒剪綹去了、【丑】怎麼說、【貼】是老
爺放他去好選月錢、【丑】多承了、【雜】我丈夫是胡哈兒
帶雜去了、【丑】好生意哩、【雜】也是老爺教他去、【淨】我要
雜怎麼、【雜】下程中火哩、【丑】罷了、早是不曾選著你搖
九龍舟去若兒老皇帝說知此事那皇帝連我的雜
都怕喫了話分兩頭且問二位仙鄉何處、【貼雜】江南
人氏、【丑】會打歌兒哩、【貼雜】也去的、【丑】一發妙如今萬
歲爺到來九龍舟選下一千名殿腳孌歌女止欠二
名恰好你二人運到勞你打箇歌兒將月兒起興歌

出船上事體每句要彎彎二字中兩句要打入帝王
二字要箇尾聲兒有趣、【貼】使得、【貼歌介】月兒彎彎貼
子天新河兒彎彎住子眠手兒彎彎抱子帝王頸腳
兒彎彎搭子帝王肩帝王肩笑子言這樣的金蓮大
似船、【丑】歌的好歌的好合中君王之意、【向雜介】你要
四箇尖尖中間兩句也要帝王二字也要箇俏尾聲
兒、【雜】污耳了、【歌介】月兒尖尖照見子舒鐵釘兒尖尖
纂子箇嘴兒尖尖好貫子帝王耳手兒尖尖摸子箇
帝王腰帝王腰著甚麼喬天上船兒也要倚地下搖

丑妙、妙、妙、就將你兩箇答應老皇帝、則怕生當些、觸誤了聖體、要演習演習纔好、貼雜沒箇演習所在、丑便把我當老皇帝演一演如何、雜笑介使得、丑我唱口號二句、你二人湊成歌介俺驛丞老的似箇破船形。抹入新河子聽水聲。貼雜歌介一櫓搖時一櫓子睡。則怕掘篙子撐不的到大天明。內響道介丑快走、快走、州裏、太爺來了、

西地錦生引小生雜扮皁隸上峽石翻搖翠浪、茅津細吐金沙、打排公館似仙家、晝夜瞻迎鸞駕、丑見生

介西江月生鸞駕即時巡幸。新河喜得完成。東都留守報分明。祗候都須齊整。丑一要錢糧協濟。諸般答應精靈。普天之下、一、人、行、怎敢因而失、敬、稟爺萬歲爺爺若起岸而行、住何宮館、生原有先年造下繡嶺宮、三宮六院、現成齊備、扈從文武、俱有公館帳房人役錢糧、也有東京七十四州縣、津分貼濟、則有一千名棹歌女子、急切難全、怎生是好、丑止欠一二名驛丞星夜家中、搬、取、嫡、親、姊、妹、一二名教他打歌搖櫓、已勾一千之數、生驛丞費、心了、小生稟介驛官號爺是

夢鳳按竹林本有看太監三字汲古獨深本均無之

臧曰喫不盡直駕將軍一箇瓜出諸驛丞之口則佳今作生曲語不取也

兩名囚婦、（生）好打、（丑）叩頭介（雖則囚婦頗有姿色、又能唱歌、急忙難討、這等一對、（生）也說得是驛丞一聽我分付、

一封書東來是翠華。要曲柄紅羅繖一把。（丑）驛裏到沒有這一件、（生）繡嶺宮鸞駕庫裏借來御筵排怎麼。繞龍盤畫插花。（丑）則怕珍羞不齊、老皇帝也祇得隨鄉入俗了、（生）我自有象牙盤上膳千品外間所獻預備賞賜而已、（丑）還怕扈駕文武老爺管接不周、文武官員猶自可。有那等勢焰的中貂怎奈他。（生）不妨看

太監有箇頭兒高公公、我已差人送禮、他自能約束、則我這裏要精細哩、休得要莫爭差、喫不盡直駕將軍一箇瓜、還一事分付各路糧貨船千百餘艘、著以五方旗色編齊綱運、逐隊寫着某路白糧某州奇貨、每船上焚香奏其本地之樂、（丑）應介（小生上報介）稟爺、掌頭行的老公公到了、聖駕已駐三百里之外、（生）忙介快看馬來迎駕去、

（生）地脈三河接、天臨萬乘通、

（丑）有星居拱北、無水不朝東、

而已說奏知聖上此說未經報完夢話也

第十四齣　東巡

太常引（宇文裴引隊子上）天迴地繞聖躬勞、春色曉鷄號日華遥上赭黃袍。蓮花仙掌雲霄。（宇文）下官御史中丞平章軍國大事宇文融是也、（裴）下官中書少監裴光庭是也、中書監蕭年兄在京監國、我二人扈駕東行、這是臨潼關外行宮前面、將次陝城了、州守乃是盧年兄也、（宇文笑介）盧生在此三年、新河一事、未經報完、好難的題目哩、（裴）此君之才、下官所知、河工必成、當受上賞、（宇文）河成不成、到彼便見、內裏傳

此句何等深

呼聖上升殿介

繞池遊 小生扮駕引老旦扮高力士執拂外副淨扮宮官小旦貼扮宮女執符節上 黃輿左纛又出三門道、聽行漏玉雞春曉、扇影全高日華初照、合 錦江山都迴環聖朝、眾叩頭呼萬歲介 上 黼帳天臨御路開。離宮清蹕暫徘徊。曈曨谷暗千旗出 洶洶山鳴萬乘來。寡人唐玄宗皇帝是也、車駕東巡洛陽駐蹕潼關之外、今已早膳、高力士傳旨起駕、高 傳旨行介

望吾鄉犯 望吾鄉 電轉星搖、旌旗出陝郊、仙公河上誰

玉茗堂邯鄲記 卷上 五十 暖紅室

傳道、三生帝女八悲杳、萬乘親巡到、生 上跪伏介 知陝州事前翰林院學士兼知制誥臣盧生、領合州官吏百姓男女迎駕、上 問介 那知州可是前日狀元盧生、裴 是、上 平身、生 萬歲萬歲萬萬歲、上 前面高聳聳的是何物、生 出關路險、搭有天橋、上 天橋麼、天將風雨、生 所謂雨師灑道、風伯清塵、上 笑介 趲行、排歌 合 看砥柱、望石橋山川天險、出雲霄、離宮渺、帳殿遙、一陵風雨在西崤。上 傳旨且住、避雨片時、問陝州有何行殿、生 有萬歲巡行繡嶺宮、上 怎見的、生 有詩為證、上

夢鳳按原題作絳都春今從葉譜補序字

夢話

可奏來、生臣謹奏、春日遲遲春草綠、野棠開盡飄香玉、繡嶺宮前鶴髮翁、猶唱開元太平曲、上聽此詩昔年遊幸、如在眼前、生萬歲喜天開日朗、鑾駕可行、上傳旨迤邐而進、

絳都春序擂鼓鳴梢、望山程險處、過了天橋、則這些二截斷了河陽京兆、早捱過了臨潼阢隥的遙太華、如夢杳、似、蓮嬌、倒映的、這關門窄小、生臣盧生謹奏、聖駕已出潼關、到了河口、請登龍舟、上朕記此間舊是石路、何用龍舟、生臣已開河三百餘里、以備聖駕東

遊、上笑介有此奇異之事、朕往觀之、望介呀、真乃水天一色也、龍輿瞻眺、真乃是山色水光相照、內鼓吹上眾登舟介上下了龍舟、生臣已選下殿腳采女千人、能爲棹歌、采女叩頭介歌棹歌介

出隊子君王福耀、謝君王福耀、鑿破了河關一綫遙、旦千絲絲楊柳畫蘭橈、洒滴向河神吹洞簫、好搖搖等閑平地、把天河到了、上美哉棹歌之女也、

鬧樊樓說甚麼如花殿腳、多奇妙、那菱歌起處、卻也魚沉雁落、似洛浦淩波照、甚漢女明妝笑、在處裏有

夢鳳按第三句者下少一字據葉譜補迎字

嬌嬈、也要你臣子們知道、新河站、偏他妝的恁妬、【內】
奏樂介【生】臣之妻清河崔氏、備冇牙盤一千品獻上、
【上笑介】准卿奏、【生進酒介】臣盧生謹上千秋萬歲壽、
【鶯畫眉】【黃鶯兒】金盞酌仙桃、滴金莖湛露膏、臣膝行而
進臨天表、【畫眉序】牙盤獻水陸珍肴、菱歌奏洞庭天樂、
【上笑介】【合】今朝有幸雲霄裏、得近天顏微笑、【上】牙盤
所進、分賜護從人等、卿平身、【生呼萬歲起介】【上】前面
艘隻數千隊、奏樂器是什麼船、【生】此乃江南糧艄、各
路珍奇、逐隊焚香、奏他本土之樂、【上出看喜介】

【滴滴金】【衆看】幾千艘排列的無喧鬧、一隊隊軍民齊
跪著、頂香鑪呫著、迎細樂、各路的貨郎兒分旗號、自
糧船到了、有那番舶上回回跳、江漢來朝都到這河
宗獻寶、【上】二卿知昔日陝州之路、平石嶺崎嶇、江南
糧運至此、驢馱車載、萬苦千辛、因此祖宗以來、運糧
運稍遲、致君臣們巡狩東都就食、不想今日有此盧
生也、
【啄木兒】他時路、石逕喬、糧運關中車輓勞、怕乾枯了
走陸地蛟龍、誰撥轉箇透海金鼇、【生】臣謹奏這新河

頗亦逼古有奇句

望萬歲賜以新名、上可賜名永濟河、生萬歲、上是開
元天子巡遊到新河永濟傳徽號、穩情取歲歲江南
百萬漕、這前岸屹然而立、頭向河南、尾向河北者何
物也、生鐵牛以鎮水災、上宣裴光庭卿長於文翰、可
作鐵牛頌、以彰盧生之功、裴萬歲、臣謹奏、上可奏來、
裴天元乾、地順坤元、一二元而大武、順百順而爲牛、牛
其春物之始乎、鐵乃秋金之利乎、其爲制也、寓精奇
特、壯趾貞堅、首有如山之正、角有不崩之容、至乃馱
巨治、狄洪蒙、執大象、驅神、功遂爾東臨周纖、西盡號

略、當函關之路。望若隨仙。近桃林之塞。時同歸獸。昔
李冰鎮蜀。立石兕於江流。張騫鑿空。飲牽郎於漢渚。
蓋金爲水火既濟、牛則山川含諸、所謂載華嶽而不（不通）
重、鎮河海而不洩、其在茲與、臣光庭作頌、頌曰、杳冥
精兮混元氣。鑪鞴椎牛載厚地。巨靈西撐角峭嵴。馮
夷東流吼滂沛。堅立不動神之至。眉隄顧護人所庇。
帝賜新河名永濟。玉帛朝宗千萬歲。上笑介奇哉頌
也、盧生刻之碑銘、汝功勞在萬萬年、不小也、生萬歲、
三段子、上河源恁高、動天河、江潮海潮、詞源恁豪、翦

夢鳳按獨深居本爺上有老字

夢鳳按獨深居本原題作鬬雙雞今從葉譜

見大段道理

臧曰那邊不要亦佳

夢鳳按竹林本奏上有密字

夢鳳按原題作上小樓今從葉譜

文章金刀筆刀、盧卿呵這柳隄兒敢配的甘棠召、裴卿呵、你金牛作頌似河淸照、眾跪介合禹鑿鴻碑也只咸帝堯內馬聲宇文望介岸上走馬有何事情緊急哩、丑扮報子執旗槍背上星忙來路遠火速報君知、宇文爺報子叩頭宇文有甚軍情緩緩說來

滴溜子丑邊關上、邊關上、番軍來抄宇文有大將王君奐在哩丑君奐將、君奐將就中難道宇文難道是殺了、丑刻下風聞非小宇文有玉門關哩丑敢撞進了、玉門關、那邊兒不要宇文不要那邊難道要這邊丑起介便要不的這邊廂也商量怎了下宇文密奏介臣宇文融啟萬歲有邊報緊急上番殺進長城王君奐抵敵不過伏乞聖裁上驚介這等怎生處分

下小樓虛囂非常震擾去長安路幾遙急忙間扈駕的難差調酸溜溜（傒、落、妒）的文官班裏誰誦過兵書去戰討宇文背笑介開河到被盧生做了一功恰好又這等一箇題目處置他回奏介臣與文班商量除是盧生之才可以前去征戰上卿言是也生跪介凶戰危臣不敢任上寡人知卿卿不可辭卽拜卿爲御史中丞兼

臧曰此與尋常鮑老催稍異須以幽閨記儒業祖傳襲體唱之夢鳳按耍鮑老尾缺一字據葉譜補這字

臧曰或謂崔夫人不宜沿途追趕當其處子招嫁豈良家所爲夢境糢糊又無

領河西隴右四道節度使、掛印征西大將軍、星夜起程、無得遲悞、朕有御衣戰袍一領、賜卿御前穿挂了、高謝恩、〔生應起介〕〔內鼓吹丑捧盔紅過肩上〕〔生換戎裝上謝恩介〕新陞御史中丞兼領河西隴右四道節度使臣盧生見駕叩頭、〔上〕平身、卿去朕無西顧之憂矣、

〔耍鮑老〕邊關事多應難料、且把箇錦將軍裝束的俏、你頭抽了侍中貂、也只索從征調、〔裴〕汗馬功勞、比尋河外國那辛勤較、〔宇文〕俺這裏玩波濤臨潼鬬寶、你可也展雄樣逞英豪、〔合〕遵欽限、把陽關唱好、這是你封侯道、〔內鼓吹開船介〕〔上〕盧生盧生、

〔尾聲〕我暫把洛陽花繞一遭、專等你捷音來報、那時節呵、重疊的蔭子封妻恩不小、〔下〕〔生跪伏呼萬歲起介〕分付眾將官、既然邊關緊急、欽限森嚴、就此起程、不辭夫人而去了、正是昔日饑寒驅我去、今朝富貴逼人來、〔下〕〔旦貼上〕本來銀漢是紅牆、隔得盧家白玉堂、誰與王昌報消息、盡知三十六鴛鴦、咱和梅香尋相公、去來、呀、怎不見了相公也、

論矣

臧曰此下四曲多佳句臨川能篇篇似此卽元人當拜下風矣

夢境

臧曰此曲尤佳

【賽觀音】我兒夫知何際、記不起清河店兒抛閃下博陵崔氏。【合】一片無情直恁水流西、【貼哭介】一河兩岸老哥哥見太爺那裏去了。。【内】唐明皇央及太爺跨馬征番去了、【旦哭介】原來如此、他一程、【走介】

【前腔】為征夫添憔悴、平沙處闕河雁低楊柳外夕陽烟際、【合】聽馬嘶聲、還似在畫橋西、梅香咱們趕上送

【人月圓】跌著腳叫我如何理、把手的夫妻別離起、等不得半聲將息、去跨馬征番直恁急、【合】征塵遠空盈盈淚眼何處追隨、【貼】趕不上、且回州去再作區處、

【前腔】去則去要去誰攔你、便婦女軍中頗甚氣、咱回家今夕你何州睡、割不斷夫妻一肚皮【胡謅】、【合】淒涼起、除則是夢中和你些兒、

【旦】河功就了去邊州、人不見兮水空流、

【貼】山上有山何處望、一天明月大刀頭、

第十五齣 西諜

淨外扮將官上、臺上霜威凌草木、軍中殺氣傍旌旗、我們河西節度使府中副將是也、大都督盡爺升帳、

臧曰引佳

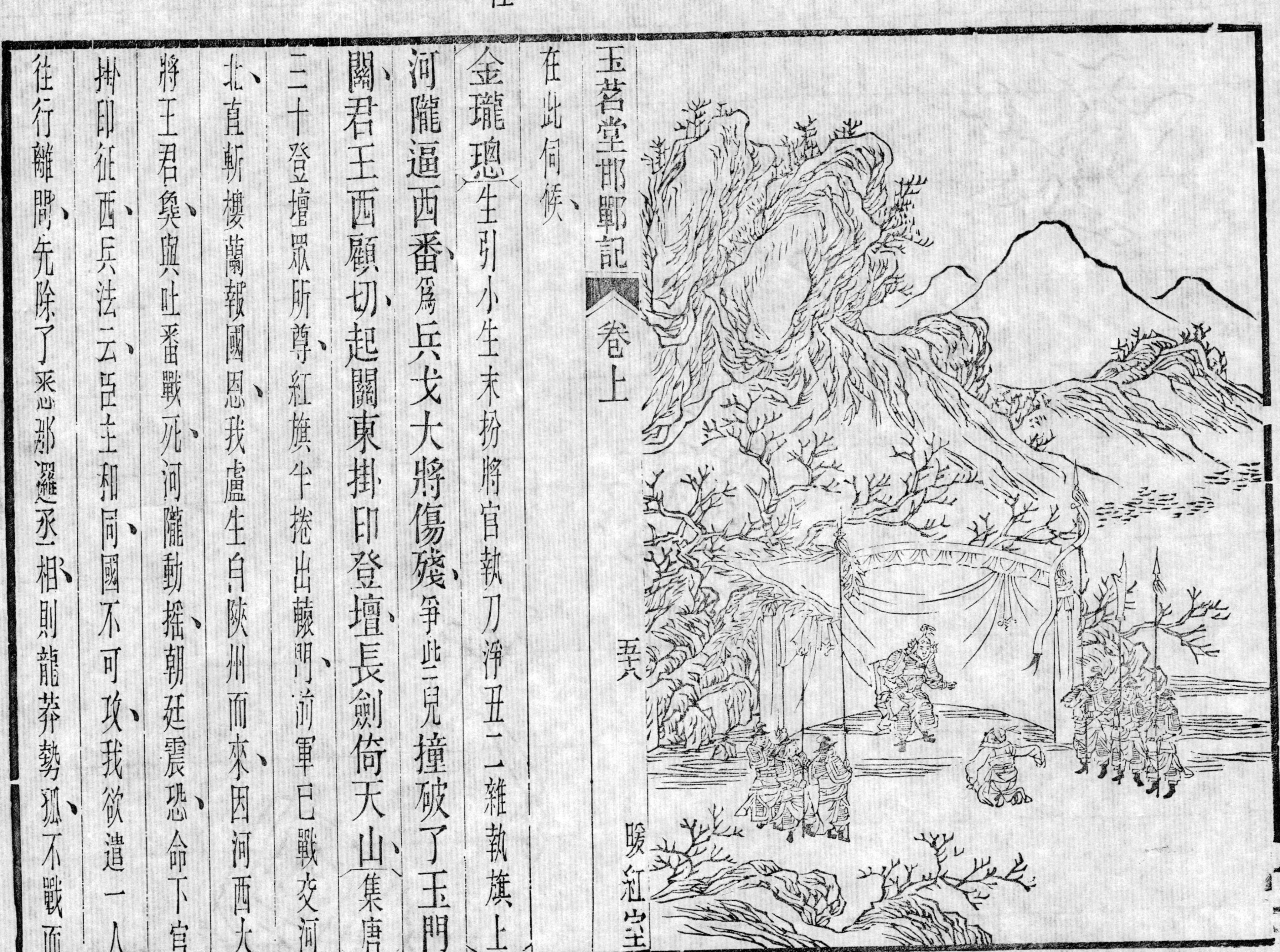

在此伺候、

金瓏璁 生引小生末扮將官執刀淨丑二雜執旗上

河隴逼西番、爲兵戈大將傷殘、爭些兒撞破了玉門關、君王西顧切、起關東掛印登壇、長劍倚天山 集唐

三十登壇眾所尊、紅旗半捲出轅門、前軍已戰交河北、直斬樓蘭報國恩、我盧生自陝州而來、因河西大將王君㚟與吐番戰死、河隴動搖、朝廷震恐、命下官掛印征西、兵法云、臣主和同、國不可攻、我欲遣一人往行離間、先除了悉那邏丞相、則龍莽勢孤、不戰而

夢鳳按此折臨川仿幽閨結盟用金瓏璁引以下諸曲題作絳都春混江龍油胡蘆天下樂等牌而不合格式臨川蓋沿其誤也自後作者如洪昉思萬紅友又皆仿此折為之而一書紫花撥四胡撥四犯兩牌一則徑題作打皮吽或又以昉思合圖折分配越角看花回綿打絮青山口聖藥王慶元貞古竹馬等曲亦不盡合今仍題紫花撥四胡撥四紀較為妥協然不敢分別立襯而葉譜則

下、此乃機密之事也、動的軍中有一尖哨、叫做打番兒漢、諳得三十六國番語、穿回入漢、來去如飛、早已喚來也、

【紫花撥四】（旦扮小番單雉尾包巾頭上插旗上）莽乾坤一片江山、千山萬水分程限、偏我這產西涼、直著邊關也是我野花胎這頭分攤、（見介）（生）呀、你便是打番兒漢、你可打的番、通的漢、（旦起舞旗介）

【胡撥四犯】打番兒漢、俺是打番兒漢。哨尖頭有俺的正身迭辦。（生）祖貫是羌種、漢兒種、（旦）祖貫南番。到這

無爺娘田地甘涼畔。順風兒拜別了閼摩山。你收了這小番兒在眼。一名支數口糧單。小番兒身才輕巧小番兒口舌闌番。小番兒曾到羊同党項。小番兒也到那昆侖白蘭。小番兒會吐魯渾般、骨都古魯。小番兒會別失巴的、畢力班闌。小番兒會一留咖喇的、講著鐵里。小番兒也會剔溜禿律、打的山丹。但教俺穿營入寨無危難。白茫茫沙氣寒。將一領答思叭兒頭毛上按。將一箇哨弼力兒辱綽上安。敢則是夜行晝伏。說甚麼水宿風餐。（生）養軍千日、用在一朝、我今上

旦第一段第二段第三段第四段題之云

有用你之處你可去得【旦】止不過敲象牙抽豹尾有
甚麼去不得也那顏【生】如今吐番國悉那邏丞相足
智多謀爲我國之害要你走入番中做箇細作報與
番王祇說悉那邏丞相因番王年老有謀叛之意好
歹教那番王害了他你去得去不得【旦】這場事大難
大難你著俺行反間向刀尖劍樹萬層山你教俺趄
也不趄頑也不頑太師呵你叫俺沒事的謊人反將
何動憚著甚麼通關【生】但逢著番兵三三兩兩傳說
去悉那邏丞相謀反自然彼中疑惑要甚麼通關呢

旦天也你叫俺兩片皮把鎮胡天的玉柱輕調侃三
寸舌把架瀚海金梁倒放番俺其實有口難安【生】既
然流言難布我有一計千條小紙兒寫下那悉邏謀
反四大字到彼中徧處黏貼方成其事【旦】此計可中
則將這紙條兒紙條兒窣地的莊嚴看呀一千箇紙
條兒拏著怎好【生】想介便是俺有計了打聽番中木
葉山下一道泉水流入番王帳殿之中給你竹籤兒
一片將一千片樹葉兒刺著悉邏謀反四箇字就如
蟲蟻蛀的一般上流頭放去流入帳下他只道天神

所使斷然起疑、此乃御溝紅葉之計也、【旦】妙哉、妙哉、
須不比、知、風、識、水、俏、紅、顏、倒、使、著、寒、江、楓、葉、丹、你道
灘也麼灘、透燕支山外山、小番兒去也、【生】賞你一道
紅、十角酒、三千貫響鈔、買乾糧餱餱去、成事賞你千
戶告身、【旦】懷揣著片、醉題紅錦囊出關、撲著口星去
星還、到木葉河灣、則願遲共疾、央及煞有商量的流
水潺顏好和歹、掇賺他沒套數的番王著眼、【生】你道
筆。意。好
葉兒上寫甚來、
【煞尾】無筆仗指甲裏使著木刀鑽。有靈心似蟲蟻兒

猛把書文按。怎題的漢宮中無端士女愁。則寫著錦
番邦悉那邏丞相反。【下】【生】番兒去的猛、此事必成、但
整理兵馬、相機而進、
【生】賢豪在敵國、反間為上策、
【眾】目睹捷旌旗、耳聽好消息、

第十六齣　大捷

【一枝花】副淨扮熱龍莽引小生外末雜執旗上　殺過
賀蘭山血染燕支塞、展開番土界、踏破漢兒牌、氈氈
登壹三繡帽獅蠻帶、與中華鬬將材、三尺劍秋水摩揩

七國帳蓮花寶蓋自家熱龍莽吐番稱大將撞破玉門關把定了錫符帳俺便待長驅甘涼進窺隴則爲俺國裏悉那邏丞相他智勇雙全一步九算巳差人商議去了俺想自古有將必有相一手怎做得天大事也

【北二犯江兒水】悉邏相國想起那悉邏相國他生的有人物在論番朝無賽蓋有胸懷好兵書好戰策他和俺答的來我有他展的開一箇邊臺一箇朝階合著道兩條龍翻大海【衆】可也怕唐家江山廣大人物

臧曰番將從無唱此腔者以其詞爲北調故用之第須帶唱帶做乃得

臧曰合著道兩條龍翻大

乖巧、〔副淨〕漢兒恁乖乖也不見漢兒恁乖乖。唐家多大多大。搶著看唐家多大。則俺恨不的展天出打破了漢摩崖〔老旦扮番卒插令箭搶背上〕吉力煞麻尼撒里哈麻赤、報復元帥、悉那邏丞相謀反、被贊普爺殺了、〔副淨驚介〕怎麼說、〔老旦再說介〕〔副淨〕誰見來、〔老旦〕菩薩見、〔副淨〕怎生菩薩見、〔老旦〕元帥不知、本國有木葉山水泉直透我王宮、漲流下有千片葉兒、蟲蛀其上有悉邏謀反四大字、國王爺見了、差人出山巡視、並無一人、國王爺說道天神指教了、請丞相爺喫馬乳酒、腦背後銅鎚一下、腦漿迸流、〔副淨驚介〕這等丞相可死了、〔老旦〕可不死了、〔副淨哭介〕俺的悉邏丞相天也天也、〔淨扮報子上報介〕報報報唐家盧元帥大兵殺過來了、〔副淨〕這等怎了怎了、

〔北尾〕急番番身撇馬營門外、猛鼕鼕番鼓陣旗開、天阿、可能勾金鐙上馬敲重奏的凱、〔下〕〔生引淨丑老旦雜執旗上唱前清江引〕大唐家有的是云云上、〔自家奉詔征番、用智殺了番相悉那邏、此時番將勢孤可擒也、三軍前進、〔下〕〔副淨引小生外末雜執旗上唱前清

脫曰番將戰敗用北脫布衫上又重起調倏而南倏而北自不相妨唯知音者識之

夢鳳按小梁州第二句少三字據棄譜補殺的俺三字

夢鳳按小梁州么篇首二句皆七字一句上四下三一句上三下四也今多一上三下四句

江引普天西出落的云云上一見介〔副淨〕來將何人、〔生〕大唐盧元帥、〔副淨〕認的咱熱龍莽將軍麼、〔生〕正爲認得你、纔好拏你哩、〔副淨〕你有王君奐那厮厮手段麼、〔生〕笑介〔丑〕你家悉那邏那厮何在、〔戰介〕番將敗下介〔又上〕戰番將又敗下介〔生領衆殺上〕呀、熱龍莽敗走了、我軍星夜趕去、遇城收城、遇鎮收鎮、殺出陽關以西、正是饒他走上燄摩天、也要騰身趕將去、〔下〕

〔北中呂〕〔脫布衫〕熱龍莽領敗兵走上、想當初壯氣豪淘、把全唐看的忒虛囂、到如今戰敗而逃、可正是一報還一報、把都們孩兒怎了也、〔哭介〕

〔小梁州〕折没煞萬丈旄頭氣不銷、殺的俺鬼哭神號、明晃晃十萬甲兵刀、成拋調、殘箭引弓弰、〔內鼓噪報介〕漢兵到也、〔副淨〕走、走、走走那來的休得追趕、

〔么篇〕兔窩兒敢盼得番兵到、錦江山亂起唐旗號、閃周遭天數難逃、血雨漂兵風噪（咸）、難憑國史說喈是漢天驕、罷了、罷了、千里之外、便是祁連山、乃是漢之界、待我想一計來、〔內雁叫介〕有計了、不免裂帛爲書、繫於雁足之上、央他放我一條歸路、萬一回兵、未可知

也、天、天、天、祇可惜死了那囉邏丞相呵、

【耍孩兒】從來將相難孤弔、一隻手怎生提調、如風捲葉似沙漂、死淋侵無路奔逃、真乃是玉龍戰敗飄鱗甲、野獸驚回濕羽毛、央及煞孤鴻叫一兩句中腸打動、千、萬箇、大國求饒、

【煞尾】南朝那一敲、西番這一鬧、老天天望不著咱那窠兒到、吐魯魯羞煞咱百十陣的功勞這一陣兒掃、

【副淨】走上天山一看、殺氣無邊無岸、

【眾】做了跌彈斑鳩、說與寄書胡雁、

玉茗堂邯鄲記卷上終